I0822383

Demonus

Andra intressanta böcker,
utgivna av Aleph Bokförlag:

Aurora Ljungstedt: *Hin Ondes hus* — *I dödens lustgård: svenska sällsamheter* (antologi) — E.T.A. Hoffmann: *Falu gruva* — Franz Oskar Wågman ("Sture Stig"): *Prinsessan av Bandalore* — E.T.A. Hoffmann: *Två fantasistycken* — *Studier i svart* (artikelantologi) — Bram Stoker och "A–e": *Mörkrets makter* — *Fantasins urskogar* (artikelantologi) — Aurora Ljungstedt: *Mord och andeväsen* — *På slaget tretton: berättelser efter midnatt* (antologi) — *Nattens paradis: svenska sällsamheter* (antologi) — *Skuggor vid aftonlampan: 30 nattstycken* (antologi) — H.P. Lovecraft: *Sökandet efter det drömda Kadath* — William Hope Hodgson: *Rösten i mörkret* — *Syner i natten: ett skräckgalleri* (antologi) — *Berättelser i svart* (antologi) — *Likkistförsäljaren* (antologi) — J. Sheridan Le Fanu: *Grönt te* — m.fl.

Besök

www.alephbok.com

Klassisk och nyskriven fantastik

DEMONUS

EN · VAKA · FRÅN SKYMNING · TILL · GRYNING

SAMT YTTERLIGARE EN NATTVAKA, ATT SOVA

AV

RICKARD BERGHORN

ILLUSTRATIONER · AV · NICOLAS · KRIZAN

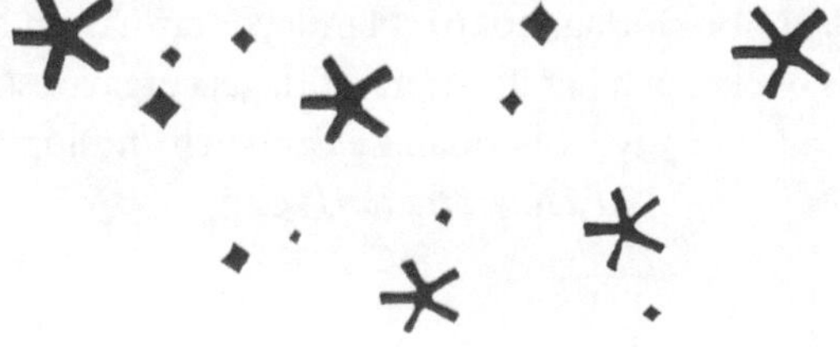

ALEPH
Bokförlag

"Demonus – en vaka från skymning till gryning" trycktes första gången i tidskriften Minotauren nr 20, dec. 2003; den publiceras här med smärre tillägg och omarbetningar. "Att sova" publicerades i *Necronomicon i Sverige* (Aleph Bokförlag, 2002) och därefter på engelska i bearbetat skick i Eldritch Tales vol. 2 nr 5 (Necronomicon Press, 2019); texten i denna bok motsvarar den engelska publiceringen.

NICOLAS KRIZAN (född 1963)

Illustratör, formgivare och serietecknare. Nicolas Krizan – idag en av Sveriges främsta och mesta fantastiktecknare – illusterade noveller i Nova Science Fiction redan i början av 80-talet och har sedan dess tecknat omslag åt och illustrerat hundratals böcker i genrerna science fiction, fantasy och skräck. Krizan har tecknat serier åt Muminmagasinet, Svenska Serier, Bizarro, Ernie m.fl. och var grafisk formgivare åt Optimal Press. Hans första bok efter eget manus blev en barnbok med skräcktema, *Mallan är med – en otäck historia* (Epix Bokförlag, 2016). Han layoutar nästan alla omslag till Alephs böcker och har illustrerat förlagets utgåvor såsom *Grönt te* (2000) av J. Sheridan Le Fanu och antologin *På slaget tretton* (2017).

Omslaget är tecknat och formgivet av Nicolas Krizan.

 Inlagan är formgiven av Rickard Berghorn. Begränsad inbunden upplaga. Tryckt och distribuerad av Ingram Content Group LLC i La Vergne, TN, USA 2019.

ISBN 978-91-87619-22-9

Innehåll

Förord

Skräckförfattaren som aldrig var

Sommaren 1999 satt jag i en vagn som slamrade fram i Stockholms tunnelbana. Där öppnade jag dagens post som jag tagit med mig på vägen hemifrån. Ett av kuverten visade sig innehålla nya numret av Jules Verne-Magasinet, i själva verket dubbelnumret 495-496, under legendaren Sam J. Lundwalls redaktörskap. Däri debuterade jag som professionell författare, med en vardagsbaserad fantasyhistoria vid namn ”En märklig klocka”.

Det var huvudsakligen Lundwall som format min smak för fantastik sedan barnsben, det var hans bokförlag och utgåvor som jag främst höll mig till. Och den stora drömmen var att bli författare – naturligtvis publicerad av Lundwall. Och varför inte i Jules Verne-Magasinet?

Denna julidag 1999 skedde det. Och jag kände mig märkligt beklämd och nedslagen.

Där var mitt namn och min novell, till och med placerad allra först i numret, och betalningen hade flutit in på mitt konto. Jag hade slutligen bevisat för mig själv och andra att jag var kompetent nog, att min dröm inte var så ihålig och övermaga som jag ständigt hade fått höra från en ogin omgivning. Men var det inte mer än såhär? Några sidor i en tidskrift. Om jag visade det för min medpassagerare i tunnelbanevagnen skulle han bara le och nicka medgivande innan han fortsatte att läsa Svenska Dagbladet, eller i värsta fall ge mig ett ögonkast som om saken var obegriplig och konstig.

Att vara publicerad författare skulle inte vända upp och ner på min tillvaro, inte förändra något i grunden, det förstod jag i denna stund. Tvärtemot den glädje och upprymdhet jag hade förväntat mig, var jag nedstämd.

Det blev ytterligare en handfull noveller för Jules Verne-Magasinet de kommande åren, liksom två uppsättningar radioteater för Sveriges Radio P3. Men den riktiga glöden fanns inte längre där. Det var fortfarande en njutning att skriva färdigt en genomtänkt, utarbetad intrig, men det var inte längre lika *viktigt* att vara författare.

Jag slutade praktiskt taget att skriva skönlitteratur för att istället utveckla en annan av mina gamla drömmar: den att bli bokutgivare och starta en tidskrift för skräck, fantasy och science fiction. Och Aleph Bokförlag gick bra, liksom tidskriften Minotauren.

* * *

Den sista novellen jag skrev var ”Demonus – en vaka från skymning till gryning” (2003), och det är samtidigt den jag själv skattar högst. Berättelsen planerades egentligen som en roman, men eftersom jag varken hade tid eller möjlighet att knåpa ihop en sådan, lät jag berättelsen presenteras som en nedkortad version av ett längre manuskript. Det är för övrigt ett högst passande grepp med tanke på själva handlingen och hur den utvecklas – läs berättelsen och ni förstår.

”Demonus” publicerades i Minotauren nr 20, december 2003, och har därefter inte utgivits på nytt förrän i denna utgåva. Temat i det nämnda numret av Minotauren var en författare som aldrig funnits, men borde: förra sekelskiftets Gustaf Djupström – just den klassiske skräckförfattare som Sverige aldrig haft, och därför måste uppfinnas. (Aurora Ljungstedt hade visserligen blivit återupptäckt vid denna tid och t.o.m. utgiven av Aleph året innan, men hela vidden av hennes betydelse som skräckförfattare stod ännu inte riktigt klart.) ”Demonus” presenterades som ett av Gustaf Djupströms mer intressanta verk, tidstypiskt och mästerligt illustrerat av Nicolas Krizan. Hans bilder, som jag antar är delvis inspirerade av Aubrey Beardsley, återges här med smärre tillägg och modifikationer.

Uppslaget bakom berättelsen var enkelt: I klassisk skräcklitteratur hemsöktes London av både Dracula och den store guden Pans avföda. Prag hade sin golem. Och till Berlin anlände den mystiskt sköna Alraune för att fira sina destruktiva orgier. Så varför inte låta en arabisk demon härja i ett stämningsfullt skildrat Stockholm på 1890-talet?

Berättelsen introducerade också en ockult detektiv, Anton Cassell. Det var en karaktär som jag redan i över tio års tid hade planerat för en serie berättelser, som dock aldrig blev skriva innan glöden försvann – med undantag av just ”Demonus”. Men det är en intressant och fascinerande gestalt, om jag ska vara oförsynt att säga det själv. Anton Cassell är smått inspirerad av G.K. Chestertons deckare med fader Brown och Algernon Blackwoods ockulta detektiv John Silence, med en helt egen tragisk bakgrund som skäl till hans paranormala intressen.

* * *

Men parnassens muser ger sig inte så lätt. Locktonerna nådde mig ständigt. Jag fortsatte att fylla mitt elektroniska anteckningsblock med idéer till noveller och romaner. Och var det verkligen försvarligt att låta en talang gå om intet, när man utvecklade den ända sedan mellanstadiet genom ihärdigt skrivande nästan dagligen, hårslitning, förtvivlan över att inte begripa varför scener eller intriger misslyckades, och eufori när man till slut gjorde det?

År 2013 lät en kroatisk tidskrift vid namn Sirius B översätta och publicera en av mina gamla noveller, ”Ett gott liv”. Året därpå visade ärevördiga Weird Tales intresse av att publicera ”Necronomicon i Sverige”, men tidskriften lades ned innan något blev konkret. Och senast i år publicerade Necronomicon Press i USA två av mina alster, ”Necronomicon i Sverige” och ”Att sova”, i Crypt of Cthulhu nr 112 och Eldritch Tales vol. 2 nr 5. Sådant ger mersmak.

Den ovan nämnda ”Necronomicon i Sverige”, som utger sig för att vara en historieskrivning över Lovecraft-mytologins närvaro i vårt nordliga rike, var huvudinslaget i Alephs gamla lyckokast, antologin *Necronomicon i Sverige* (2002). Den sålde mycket bra och bearbetades på ett fritt sätt till en radiopjäs 2003. Kvaliteten på den pjäsen är omdebatterad, minst sagt, men till huvudrollen som en allt mer hysterisk grävande reporter tillfrågades faktiskt själve Janne Josefsson – som dock av okänd anledning avböjde. Istället anlitades kulturradions reporter Louise Epstein till att spela sig själv. Detta var synd, eftersom pjäsen hade skrivits som en parodi på just Janne Josefssons flåsiga och moraliskt upprörda reportagestil. I pjäsen kom han en Cthulhu-konspiration i regeringen på spåren, med vansinne och hysteri till följd inte minst hos journalisten själv.

Må det blott vara sagt att jag i hemlighet sedan en tid har planerat och skrivit på en ny bearbetad, utökad och förbättrad utgåva av *Necronomicon i Sverige* – det är den främsta anledningen till att den boken inte har sett något nytryck sedan Aleph återstartade 2013.

En av berättelserna jag filar på utspelar sig på en isolerad ö i Nordsjön och involverar Emanuel Swedenborgs märkliga kosmologi (se t.ex. Alephs antologi *Nattens paradis*, 2017) samt spindlarna i den följande novellen, ”Att sova”. Allt knyts sedan elegant samman av *Necronomicon* och det lovecraftianska anhanget, som sig bör.

Så ifall allt går väl utges den boken inom ytterligare tio år. Eller kanske redan inom 1-2 år.

Glöden har inte slocknat *helt*. Som sagt.

– Rickard Berghorn

Demonus

En vaka från
skymning till gryning

INLEDNING...

Jag uppmanade min unge vän David Bergstedt att nedskriva sin version av de händelser som timade under den gångna vintern, och vilka han själv var synnerligen delaktig i. Förutom att han är förfaren i skrivandets konst, föreföll det mig intressant att få händelserna skildrade ur ett ordinärt perspektiv, av en människa som inte tidigare ägnat det översinnliga och ockulta sin uppmärksamhet. Vissa partier i skildringen är dock hämtade från tidigare nedtecknat material liksom tidningsreferat, brev och dylikt; och mot slutet finns även ett längre stycke som nedskrevs "i händelsernas stund".

Skildringen eller redogörelsen består av en pappersbunt om åttiotalet sidor, som väntar på att inom en snar framtid utges i bokform, tillsammans med mina kommentarer och tillrättalägganden.

Till dess får läsaren nöja sig med denna nedskurna version. Det visade sig finnas intresse för manuskriptet från tidskriftshåll, varför jag åtagit mig att redigera texten och framlägga den i förkortat skick. Det som föreligger läsaren är således denna bearbetade och delvis omskrivna version. Mindre viktiga passager och scener har plockats bort, och där det har funnits behov, refererar jag bara kort deras innehåll i mellanliggande stycken. Den redigerade texten har granskats av herr Bergstedt och fått hans erkännande.

Anton Cassell
Stockholm, 17 april 1898

FÖRSTA AVDELNINGEN

I.

Aftonbladet 12/10 anno 1897:

”Vår tidning har den tunga uppgiften att meddela f.d. forskningsresanden Alvar Nordqvists tragiska bortgång 5/10, i en ålder av blott 47 år. Under praktiskt taget hela förra decenniet gjorde sig nämnde bemärkt och beryktad för sina utforskningar av Inre Orienten och dess, för den civiliserade världen, okända mysterier. Hans böcker och avhandlingar blevo talrika; här vill vi speciellt framhålla *Arabiska myter bortom Tusen och en natt*, i vilken analyseras ett antal mindre kända, men typiska, fantasterier från regionen, samt *Ondska och demonologi skildrat av Orientens vise*, ett fascinerande, ehuru något svårgenomträngligt verk, dock av högsta akademiska värde.

På grund av vissa förhinder av sjukdomskaraktär, levde Alvar Nordqvist utanför egentliga sociala omständigheter sina sista åtta år, men dödsfallet kom högst oväntat. Han sörjs djupt av makan Hilda, född Ekstjärna, samt ett rikt antal vänner och forskarkolleger.”

När mitt öga faller på tidningsklippet, förstår jag att det var där allt tog sin början, och att det sålunda är där även min berättelse måste få sin upprinnelse.

Vi övervarade en middagsbjudning: jag och doktor Bengt Lidén, överläkare vid D—s hospital, och hans förtjusande dotter Karin, vars närvaro var enda anledningen till min egen; samt mina alltid lika borgerliga föräldrar, som stod värdar för denna informella munsbit.

Karin satt luftigt i vit klänning på sin stol, lika sval och till synes omedvetet kokett som alltid, och hon stod i utmärkt harmoni med den vintriga trädgården i fönstret bakom hennes rygg. Den kristallklara dagern föll in och glimmade i kinaporslinet på bordet, och våra ögonkast talade samförstånd: det var trist och vi hade tråkigt.

– Kan inte far nämna några ord om Alvar Nordqvists, som gick bort nyligen? vädjade Karin. Vi behöver inte få veta något ogrannlaga, men far hade honom som patient och har säkert mycket att berätta.

– Forskningsresanden Nordqvist, sade jag för att understödja samtalsskiftet. Jag läste runan i tidningen för ett par veckor sedan. Mycket sorgligt.

Doktor Lidéns blick blev allvarlig bakom hans runda glasögon av gediget glas, som om han med ens återvänt till sin yrkesroll. Det tycktes som om de gråvita salarna i asylen var en naturlig miljö för honom, en fördömelsens förgård att rädda patienterna ifrån, en värdefull men allt för ofta fåfäng uppgift.

Han lade ned besticken på bordet och synade fundersamt sina manschettknappar.

– Ja, och han kunde ha blivit ett av våra stora namn, om sjukdomen aldrig kommit emellan. Både djärv forskningsresande och utmärkt reseskildrare, men i synnerhet var han briljant i sina analyser av materialet han insamlade, vare sig det bestod av folkseder eller folktro. Han ägde en genuin respekt för de semitiska kulturerna – och faktiskt övervägde han att konvertera till islam, fastän hans gode vän ärkebiskopen lyckades övertala honom att hålla kvar vid sina andliga rötter. Vet ni förresten om att han bjöds in att föreläsa hos Linnéanska Sällskapet i London?

Låt mig säga så här: En intelligent människa utmärker sig genom att kunna tänka i led efter led, att kunna följa varje tanketråd till dess slut. Och det är gott och väl så länge hans inre verklighet står i god samklang med den yttre. Men finns där bara en enda nucleus av villfarelse eller irrationalitet i hans själ, är risken stor att den kommer att växa och övermanna all annan tankeverksamhet. Samma nucleus hos den enkla människan leder kanske bara till en mild excentricitet, som hos skurtanten som tror att varje svart katt är en förklädd djävul. Men den briljante begåvningen hamnar snarare i en madrasserad cell, eftersom han nystar allt för mycket i tankehärvan. Och här talar jag förstås om det välkända faktum att stor begåvning ofta slår över i galenskap. Galenskapens kärna inom Nordqvist måste ha varit hans böjelse för det ockulta.

Nå. Utan att ta mig rätten att gå in på några detaljer, kan jag säga att Alvar Nordqvist vårdades största delen av sjukdomstiden i hemmet av sin hustru – en mycket god kvinna – och det var inte förrän de sista åren det blev nödvändigt att låsa in honom. Och för knappt en månad sedan fann han för gott att fly livet genom ett obevakat fönster. Där fann vaktmästaren honom sedan, blodig och med bruten nacke på gården.

Vi satt tysta kring bordet en stund och begrundade Nordqvists öde. Stockholm är en liten stad, och vi hade alla någon gång umgåtts i samma kretsar som denne olycklige forskare.

II.

I någon veckas tid funderade jag ofta över Nordqvists öde vid mitt skrivbord. Doktor Lidén var en god berättare, och det var inte förrän i efterhand jag insåg att han egentligen inte hade berättat särskilt mycket om Nordqvist som vi inte redan vetat om. Men hans redogörelse hade i alla fall följden att verkligen väcka mitt intresse. Kanske har ni upplevt det själv emellanåt, när ett likgiltigt musikstycke plötsligt griper en därför att man fått möjligheten att förknippa det med rätt bilder och stämning, eller då en roman med ens blir fängslande därför att man upptäckt författarens verkliga avsikt.

Jag tvangs sitta där för jämnan, vid skrivbordet, och varje gång stod det klart att mitt patetiska försök till "bohemeri" endast var trevligt så länge det bara levdes. Kravet på brödföda eller begåvning var inte till närmelsevis lika njutbart. En blygsam inkomst bestod i att skriva litterära notiser för våra förnämliga huvudstadsblad.

Min kammare i Vasastan var lämpligt nött och sliten för bohemlivet, och en inpyrd doft av blandad spirituosa dröjde kvar efter långa aftnar med mina själsfränder. I det snuskiga trapphuset fanns skomakare och bastanta tvättmadammer, bråkande ungar och någon halvtokig före detta folkskollärare, som ägnade dagarna åt bibelstudier. Och en likadeles kufisk herre i vindsvåningen ovanför höll mig vaken om nätterna med sitt ständiga tassande och bokhylleletande. När vi klämde oss förbi varandra i trappan var han orubbligt artig och tystlåten, vilket i viss mån inte gällde mig själv.

Nyfikenhet är en av mina många svagheter, varför det inte dröjde många dagar innan jag beslöt att ta kontakt med Nordqvists änka Hilda. Min kära mor hade en väninna i sin välgörenhetsförening som i sin tur var väninna med Hilda, och med förevändningen att jag funderade på att skriva en biografi över hennes framstående make, mötte det inte några större hinder att få till stånd ett möte med änkan.

Dagen innan mötet tillbringade jag på Kungliga Biblioteket med att rent allmänt studera in mig på Alvar Nordqvists liv och verksamhet, så att någon okunskap från min sida inte skulle väcka någon misstänksamhet från Hildas, och efter ett par enkla smörgåsar som fick gälla för middag – inmundigade på ett Tysta Maria-kafé med passande standard för mina fattiga fickor – styrde jag min frusna promenad mot Nordqvistska hemmet på Norra Djurgården. Pudersnö drog fram likt ilande rökstråk över gatstenarna och vinterskymningen började redan falla.

Jag förväntade mig förstås att även efter en månad mötas av sorg i en eller annan skepnad; men när jag skymtade det av mörker fyllda huset genom portens gallergrind, jagade synen med ens bort mitt goda humör. Bara ett rum var upplyst, men även det skenet föreföll tungt och lite väl gulsiktigt. Dyster till mods sköt jag upp den motsträviga grinden och släntrade mig fram på gången mot den breda trappan.

Änkan Nordqvist öppnade själv vid min ringning, en sorgklädd kvinna knappt fyrtio år fyllda, med blekt ansikte och blåskiftande hy under ögonen. Hon hälsade mig med några ord och en kall hand, och visade mig genom huset fram till salongen, som var det rum jag sett upplyst utifrån gatan. Det upplystes hjälpligt av en viskande björkvedsbrasa i öppna spisen och ett par kandelabrar med till synes halvkvävda lågor. Det föreföll mig som om själva sorgen placerade detta hem bortom dagsljus och all stundande julglädje. Änkan slog sig ned framför brasan i en hög fåtölj, och bara hennes hand syntes bakom ryggstödet:

– Var så god och sitt, herr Bergstedt. Göransson kommer snart med kaffe och konjak. Eller kanske något annat?

Jag tog fram min anteckningsbok och satte mig i soffan. När kaffet och konjaken burits in av en omärklig betjänt, samtalade vi en stund. Änkan var tydligen en allmänbildad, jordnära och pragmatisk kvinna, men både i hennes röst och i sättet att röra sin späda, ådriga hand tyckte jag mig skymta något behärskat nervöst. Jag lyckades diskret föra in samtalet på herr Nordqvists sjukdom och död.

– Min make var en gudfruktig man, men han längtade efter att förstå mörkret och ondskan. I första hand fördjupade han sig i orientalisk folktro och... demonologi. Hans avhandlingar i andra ämnen var mer pliktskyldiga, så att hans akademiska omgivning inte skulle börja undra. Men i en arabisk stad – jag tror bestämt det var Aleppo – lärde han känna en lärd imam. Min make skrev ofta beundrande om honom i sina brev: enligt Alvar en mycket from gammal imam som skrev vacker och beundrad poesi. Och han gav min make tillträde till ett hemligt biblioteket i moskén, där han kunde studera mysterier som var äldre än Muhammed. Det gjorde han sedan, såväl dag som natt. Och min make lärde sig mycket – han sade själv att han kunde tävla med Orientens visaste i kunskap. Men sedan slog det fel... eller gick för långt... Jag vet inte riktigt. Kanske var det någon febersjukdom som drabbade honom, försvagad som han kanske var efter alla dessa studier...

Min make återkom till Sverige på hösten -89. De första dagarna fann jag inget vara speciellt annorlunda, även om han var tystlåten och många timmar låste in sig i sitt arbetsrum. Jag antog att han bara hade mycket att fundera över och skriva efter denna hans mest långvariga resa. Men jag förstod ju sedan att det... det redan hade kommit smygande.

– Skulle ni vilja berätta hur sjukdomen yttrade sig? Jag slog åter upp anteckningsboken, som jag nu inte längre hade i handen enbart för det passande i rollen jag spelade.

Hilda fingrade på sitt broderi, och jag tyckte mig urskilja att hennes händer darrade.

– Han försökte enträget prata om ”en av de sju” och något slags stormdemon... Men inga andra öron förstod – eller förmådde lyssna. Och kanske märkte han också att det var lönlöst. Han slutade snart att försöka göra sig förstådd och blev tystlåten och sluten.

Men i alla fall, fortsatte änkan: – jag förstod något som sysselsatte hans förtigna tankar. Ett skrin. Han hade det med sig från sin sista resa och förvarade det i sitt arbetsrum. Det står kvar där fortfarande, ett fult, ofärgat plåtskrin. Han kunde sitta i timmar framför skrinet, men han lät aldrig öppna det, inte heller berättade han någonsin vad det innehöll. Sedan hamnade han på asylen, min make, och under den tiden lät jag skrinet stå orört av ren respekt. Men samma dag han dog öppnade jag det. Och jag fann bara en linneduk. Det är en fyrkantig, vit linneduk stor som en kaffebordsduk, och på den finns rader av arabisk skrift. Jag vet inte, har inte den blekaste aning om var den kommer ifrån eller betydde för min make. Och jag vill minsann inte heller veta.

Men herr Bergstedt, jag måste också nämna att han skrev något där på asylen – två fulla ark – i somras, under ett par dagar då det stod bättre till med honom än annars. Jag fick dem sedan, papperna. Detta nämner jag bara, för det verkade som om han berättade något viktigt där – i alla händelser viktigt för honom själv. Jag har inte kommit mig för att läsa dem.

På Hildas tecken kom betjänten fram och lyssnade med sänkt huvud, medan hon gav honom någon diskret uppmaning. Han försvann sedan ur salongen en stund.

– Bäste herr Bergstedt, jag är verkligen tacksam för ert intresse, och ni förstår inte hur mycket denna pratstund betyder för mig. Men klockan är redan mycket. Ni är verkligen välkommen åter, bara jag får någon dags varsel. Men innan ni går, vill jag ge er detta.

Betjänten var nu tillbaka, och hon tog det han bar i sina händer och räckte det till mig. Det var ett plåtskrin, utan tvekan samma skrin som hon just berättat om, med ett förseglat kuvert liggande på locket.

– Tag nu detta, herr Bergstedt. Det är förknippat med allt för många sorger för mig, men kanske kan ni få ut något mer värdefullt av det. Jag förväntar mig inte några protester. Varsågod, och god afton. Göransson här visar er till dörren.

Änkan hade varit lika vänlig som man sagt mig, men ändå kändes det som om hon påtvingat mig skrinet och kuvertet. Och fastän jag inte såg någon anledning till oro, kändes situationen olustig.

Med snöpudrad rock och fingrarna stelfrusna om skrinet kom jag hem. I min kammare, med tänd skrivbordslampa och uppskruvad veke, öppnade jag skrinet på skrivunderlaget. Linnet låg i en prydligt ihopvikt trekant däri. Jag skakade ut det. Tyget var gulsolkigt men inte smutsigt som efter allt för många tvättar, och såg påtagligt gammalt ut. Den arabiska skriften fanns där, rad efter rad av små streck, punkter och snirklar som tycktes vara tecknade i svart bläck, ett märkligt myller som liksom irriterade ögat och flimrade av någon optisk villa.

Kuvertet innehöll de två pappersarken som änkan Nordqvist hade nämnt. Av någon anledning som inte var uppenbar ens för mig själv, kände jag mig inte beredd att läsa dem där och då. Det skulle dröja långt in i nästa vecka innan jag gjorde det.

Jag bredde ut duken över mitt lilla spelbord och lät den ligga kvar den närmsta tiden, som i förhoppningen att dess ständiga påminnelse skulle locka fram någon givande insikt hos mig. Flikarna rörde sig ofta lite slött som i något försiktigt vinddrag. Och det sysselsatte ofta mina förbryllade tankar, för jag hade aldrig lagt märke till vinddrag i kammaren tidigare, om än aldrig så försiktigt.

III.

"En natt i Aleppo, 1889, vaknade – något tyngde ned madrassen vid fotändan.

Kall och fuktig av svett efter de fruktansvärda mardrömmar jag just upplevt; fumlande i mörkret för att få undan myggnätet och tända oljelampan på sängbordet. Och vid Gud eller Allah, det måste ha varit drömmarna som ännu förvillade mig! Det ville jag tro – försökte jag tro – inför det jag såg.

Självbehärskning var på den tiden min natur. Men att i nattens och sängens ensamhet upptäcka – – – Att i skenet från den fladdrande oljelågan, medan blåsten drev sandkorn från öknen, vilka risslade mot ytterväggarna och väste genom gränden och fick fönsterluckorna att klappra – att där vid sina egna fötter och i sin egen säng upptäcka en mänsklig bål med blott stumpar till armar och ben och ett kalt huvud utan ögon och mun, som ändå visar uppenbara tecken på att vara vid liv...

Ja, tror man att världen som skänkts oss är sund och trygg, då är detta ett ögonblick när ens förtröstan för alltid dör.

Jag förstod vad som drabbat mig, och att jag nu icke fick sluta ögonen eller vända blicken ifrån väsendet innan gryningen kom.

Jag kan ej dröja vid resten av natten – vid min oändliga och stillasittande vaka med dess ångest och bortdomnade lemmar –

vid min förtvivlade kamp för att hålla stånd mot sömnen. Denna kamp för att aldrig släppa blicken ifrån en syn, som injagar skräck i en människa mer än någon annan syn på denna jord. Att se väsendets hycklande försök till mänsklighet i sin vangångna kropp. Att se den blekvita bårhuskroppen ge akt på minsta rörelse hos mig. Att ge akt på en möjlighet...

Gryningen kom slutligen med viss befrielse.

Men framför fönstret i soluppgången darrade och frös jag inför natten som väntade. Och nästa natt. Och kanske nästa."

– – –

"Efter tre nätter uppsökte jag min vördade vän, imamen Hassem, och berättade om min nöd. Han lyssnade med stort djupsinne och halvslutna ögon. Sedan sade han bekymrat: 'Nå, jag har en egen skuld i detta. Det var syndigt att visa Dig in i mitt folks mysterier. Jag tilltrodde Dig när Du sade att kunskaperna blott skulle förbli i tanke och på papper. Men jag skall gottgöra detta.' Han följde mig till porten, och hans dräkt frasade. 'Möt mig här vid trappan i solnedgången ikväll, så tillbringar vi natten tillsammans.'

Jag kände mig tacksam som ett litet barn mot honom, och knappast heller större i själen efter dessa nätter som brutit ned min tro och tillförsikt. Och som i rädsla för att mista detta hopp tillbringade jag dagen med att gång på gång läsa den fromme imamens dikter. Deras förmåga att fängsla mig fanns kvar, och de hänförande formuleringarna bleknade inte mellan omläsningarna. De väckte en överjordisk genklang inom en, och var nästan lika påtagliga som musik i öronen; de väckte sällsamma bilder i själen, nästan lika levande som i ens egna ögon. Jag var böjd att tro, att min vördade vän verkligen lyckats tala med Guds egna ord, som de andra imamerna påstod. Och därför var mina försök att översätta dem dömda att misslyckas.

Jag mötte honom framför porten, och vi delade skymningens tystnad medan vi vandrade till den familjs hem, där jag tillfälligtvis tillbringade mina nätter. I min kammare frågade Hassem efter skrivdon och papper. Jag gav honom penna och bläck, men då jag inte hade något tomt papper, nöjde han sig med linneduken som låg på bordet. Därpå började han sedan långsamt och tankfullt skriva, med sådan omsorg och eftertanke att det sysselsatte honom ända till gryningen. Då och då lade han ifrån sig pennan för att vila eller lyssna, eller för ett stillsamt samtal med mig.

Jag varken vet eller förstår vad han gjorde. Men den natten drabbades jag ej av någon hemsökelse.

Det skulle ej heller upprepas. Det försäkrade mig Hassem i gryningstimmen, när han tryckte linneduken i mina händer. Jag är trygg så länge jag ej läser vad han skrivit, eller på något sätt får veta vad som står där.

I åtta långa år har jag varit honom trogen. Men det är svårt – så oändligt svårt – att inte veta."

IV.

Alvar Nordqvists berättelse och dukens flimrande skrift oroar David. Snart säljer han den till en bekant, en judisk antikvarie med överlastade lokaler i en gränd i Gamla Stan, och känner sig lättad när det är gjort. Antikvarien visar stort intresse för duken – han har ju själv semitiska rötter.

Kort därefter lämnar antikvarien med familj helt plötsligt Stockholm för en lång semester. Från ett pensionat i Braunschweig får David ett brev, där antikvarien på ett tydligt upprört sätt berättar vad som hänt, eller vad han tror har hänt. – A. C.

V.

"Bäste David!

Jag ämnar ej säga mycket – måhända om tio år, men icke nu. Blott några ord.

Du vet att jag känner rabbin Rubinstein gott och väl, och Du vet även vilka 'högst personliga' trosatser han har – trosatser om allt som kan tänkas få plats mellan himmel och helvete. Jag sammanträffade med honom på fredagen efter att Du sålt duken till mig. Han lånade mig några böcker. Och som jag misstänkt, var det inget meningslöst klotter på duken. Det var något slags magisk text. Men vem tror på sådant i vårt av vetenskap och elektricitet upplysta tidevarv? Förutom Rubinstein då, förstås. I alla händelser ej jag.

Det var icke så att jag förstod *mer* än att det bara var magisk text. Och jag skulle nog frågat rabbinen om litet tolkningshjälp, ifall detta nu inte hade hänt.

Jag samlade min familj i gästrummet runt det lilla bordet som Du vet att vi har där, och varpå jag lagt duken, nöp död på alla ljus utom ett och tänkte att det var ett gott skämt att få dem kusliga till mods och kanske mer därtill. Allt var upplagt för en seans.

Där var vi sålunda alla tre: Jag och min kära hustru och min vackra dotter, i den näpna åldern mitt emellan flickunge och kvinna. Rummet var skumt och alla väggar var höljda i mörker, och vi kurade liksom i en grotta runt det lilla bordet. Och det var så tyst att jag nästan blev skrämd av min egen röst. Rebecka rös av förväntan och spänning. Och min hustru var lika hårdnackad som alltid, och oberörd så länge inget verkligen hände.

Nåväl, jag tog upp min pennkniv och skar mig i tummen – ett någorlunda djupt jack så att åtminstone en bloddroppe kunde falla. Och det lät jag den göra, ner mot dukens mitt. Och av någon plötslig ingivelse – jag kan alls inte säga varifrån! – sade jag med hög röst:

'Låt blodets röst ljuda ända till avgrunden!'

Och må Den Gamle förlåta mig – eller må jag förlåta Honom för denna värld Han skapat. Men den utbredda duken började skälva som en vattenyta, medan krusningar löpte ut i ringar mot kanterna från stället där bloddroppen landat. Under några andlösa ögonblick glömde vi oss själva, varandra, ja, hela vår värld medan den mjölkaktiga ytan började stilla sig åter. Därpå höjde den sig, denna sällsamma yta, tum för tum över bordsskivans nivå i en sorts rund kulle. När duken nu förvrängdes av denna nya form, tecknade delarna av skriften ett otydligt väsen – dess ansikte och ofullkomliga kropp. Men icke fyllt av liv, blott av Intighet.

Och den vred sig och kved:

'Mer!'

Ja, i nästa stund var vi inte längre kvar i rummet – hade störtat ut i samma djuriska skräck som besättningen från ett sjunkande skepp. Och jag tror minsann att det skeppet var vår trygga verklighet som gick i sank. Sådan var vår oförfalskade fasa. Långt in på morgonen nästa dag, när vi sent omsider vågade oss tillbaka, var allt åter som vanligt. Men linneduken låg ihoptvinad i ett hörn. Och den var tom och vit – tecknen på den var försvunna.

Jag har ingen förklaring till detta. Det förefaller som om det verkligen har hänt, ty jag har fortfarande linnetyget som bevis, och på den finns verkligen ej längre någon skrift. Och ändå vet vi att den knappast ens gick att tvätta bort.

Nå, känner Du till namnet Anton Cassell? Jag antar det; man skvallrar ganska frimodigt i huvudstaden. Kanske borde man rådfråga honom... Men nej, det är lika så gott att lämna detta bakom sig. Låt mig och min familj glömma allt och vila upp oss några månader, så kan vi träffas för en promenad i Kungsträdgården lagom till sommaren.

Jag bifogar en lapp med en text jag fann i Rubinsteins böcker. Såvitt jag förstår har den något att göra med den där texten på duken."

Jag sköt ifrån mig brevet och tittade på lappen. Det var tydligen en besvärjelse, och till och med i min trygghet kände jag den ofta rimliga ynkedom som kallas skräck:

"Gallû, väsen som hotar varje hem,
Skamlösa Gallûn, sju de äro,
Söndermaler riket likt vetekorn,
Ingen barmhärtighet de äger,
Bemöter folk med våldsam vrede,
Äter deras kött,
Låter blodet flöda likt regn,
Och dricker det i evighet"

ANDRA AVDELNINGEN

I.

Stormen låg på och virvlade snödimmor genom gränderna. Normalt sett skulle ingen människa av bättre sort, inte ens jag, vistas här vid denna tidpunkt på dygnet. Men inte heller de arma själar som bebodde dessa skamliga kåkar och skeva kyffen syntes till. Den smala gatan framför mig var övergiven, även om blåstens vinande över de onaturligt spetsiga taknockarna jagade bort känslan av ödslighet.

Vår Kungliga Huvudstad hade plågats av det i en vecka nu, dessa nattliga stormar som brutit upp strömmens isar och gjort de eländiga än mer eländiga genom att vräka omkull deras skjul av överblivet timmer från bättre byggen. Det sades också att friherrinnan T— fick fiskas upp ur Norrström när hon smygit sig ut för en nattlig rendezvouz med sin unge älskare, då blåsten gjort skäl för moral och god smak och lyft henne över räcket i kjolarna.

Jag ställde mig i det blygsamma skyddet av en ranglig stupränna och letade upp ur pälsfickan tidningsklippet som sysselsatt min frustrerade nyfikenhet de senaste dagarna. Det var bara en kortfattad notis, vars innehåll kan sammanfattas i några ord: I Pilgränd med omnejd å Södermalm, ett av Stockholms mest nergångna områden, hade den senaste tiden tre eller fyra sovande och sängliggande dött, uppenbarligen genom mord. I anslutning till detta florerade för tillfället rykten av ej närmare angiven art, vilka lett till att krymplingar antastats och förföljts på gatorna.

Jag ville gärna tro att det var min sedvanliga oskuldsfulla nyfikenhet som nu drivit mig till Pilgränd, men djupt inom mig förstod jag redan då, att det snarare var min oro för att vara delaktig i mysteriet – ja, kanske till och med ha någon skuld i det...

Helt ensam var jag förvisso inte där jag gick. Då och då skymtade jag bakom mig i skuggorna något mörkt men inte mänskligt, som linkade efter mig i spåren, uppenbarligen en stor, mager och herrelös byracka. Jag kastade en snöboll mot den och strävade mig fram mot ett fönster jag kunde urskilja, vars gulvarma sken lockade mig.

Det var en av evangelisk-lutherska missionsföreningens hyddor, som grundats för fattig-Stockholms fromma. Trähuset vilade på en hög stengrund och dess färg var obestämbar i mörkret, men jag visste att det var gråmålat även i dagsljus. Egentligen brukade dessa missionshyddor bara ha öppet under dagtid. För att finna ut varför det lyste, närmade jag mig och kikade in genom fönstret. Där skymtade en syster i den spartanska bönsalen. Hon såg ut att förbereda nästa dags andakt. Med en diskret knackning på rutan fångade jag hennes uppmärksamhet.

Några ögonblick senare hade hon öppnat för mig att träda in i förstugan, och jag väntade inte med att uttrycka min tacksamhet för lite värme och gott sällskap. Det var en späd kvinna, något till åren kommen, med vänligt om än bestämt ansikte. Syster Oterdahl, fick jag veta, när hon visade mig in i bönsalen, husets enda upplysta rum.

– Det är mycket fattigfolk som besöker oss dessa dagar. Och andakterna kräver sitt arbete. Folk är rädda, skall herr Bergstedt veta, för det inträffar otyg här på Södermalm.

Jag nappade på betet och visade henne notisen i min ficka.

– Är det allt som herr Bergstedt vet om? Det går mycket prat härikring, att Maran jagar där ute om nätterna och slinker in till dem som törs sova. Men ont är det, och kanske inte bara ont på ett världsligt sätt, är jag rädd för. Våra andakter behövs för att folk skall känna litet trygghet.

– Men vad är det då som verkligen hänt?

– Morden? Så förstås. Man har hittat de döda med uppfläkta bröstkorgar. Fyra stycken hittills har drabbats på det sättet. Såvitt jag hört, och såvitt man pratar. Som om ett vilddjur har rasat mot dem.

– Sedan är det något med krymplingar?

– Ja, det kommer av dåren. Alla har inte gått hädan på en gång, av dem som drabbats. Nordsjö-Otto – han hade varit sjöman och kallades så – honom hittade man en morgon i hans stuga, tokig och skräckslagen. Han yrade om någon ”tom kropp” med bara en arm och inga fingrar på handen som fanns kvar, och otyget hade kommit till honom under natten. Och sedan lyckades ingen förmå honom att sova på flera dygn. Men till slut gick det inte längre för honom – och på morgonen hittade man karln igen. Men hjärtat och lungorna och kanske lite till, det saknar han fortfarande där på bårhuset.

– Och då började ryktena...?

– Jovisst. Och med sådant i svang kan man inte räkna med att krymplingarna lämnas ifred. Det kommer några varje dag och dröjer kvar här, i hyddans skyddande famn. Och det missunnar jag dem inte, herr Bergstedt. Det skvallras så mycket, man håller varandra kunniga så gott det går. Är det inte krymplingar det handlar om, så pratar man om en mystisk karl i fin rock som smyger omkring här i gränderna om nätterna, som om han letar efter något. Men det vet jag inget om, och det är bäst att inget säga.

Jag tackade henne för värmen och samtalet, och inte litet förbryllad och fundersam återvände jag ut i kylan.

Det var inte bara den vassa snövinden som mötte mig och slet tag i mina kläder. Den raggiga hunden väntade i skuggan av en tunna mitt emot missionshyddan, och jag fick finna mig i dess följe när jag kämpade mig igenom de slingrande gatustigarna. Den gick efter mig med lyft huvud och en sorts spänd uppmärksamhet. Ibland hörde jag den morra, fastän jag ville tro att det bara var någon vägg som knarrade.

I utkanten av fattigkvarteren hördes något annat och oväntat bakom mig. En mänsklig röst. Jag vände mig tvärt om och såg en manlig gestalt i en sidogränd, som hukande kallade byrackan till sig. Mannen var inte stort mer än en skugga och uppenbarligen inbyltad i en tjock och lång rock. Han klappade den avvaktande hunden. Det kunde ha varit en vänlig scen, likt en av de silhuettbilder i svart kartong som pryder så många hem. Men hundens utmärglade skugga satte en kuslig prägel på bilden – och än mera så, när jag lade märke till att djuret bara hade tre ben –

Den detaljen var inte nådig för min uppjagade fantasi. Jag fortsatte min väg, bort från denna samhällets varböld. I trevligare omgivning saktade jag ned mina pulsande steg och fortsatte i lugnare takt. Här fanns folk, en lykttändare, en bagare som låste upp dörren till sitt bageri för att börja dagens arbete, till och med den trygga åsynen av en konstapel.

Liksom mina steg knarrade, gjorde andra steg detsamma. Och sålunda hörde jag någon närma sig bakom mig med raskare steg. När han strök förbi mig hörde jag en röst:

– Herr Bergstedt hade tur denna gång.

Och den rockklädde, mörke mannen försvann i snöyran.

II.

Efter nyårsaftonens tolvslag dåsar David med ett festtrött sällskap i föräldrarnas hem. Midvinternattens snövindar trycker mot fönstren och den sista champagnen dricks upp.

David får en ingivelse och frågar om namnet Anton Cassell är bekant. Doktor Lidén i sällskapet nämner att det är en besynnerlig karl som forskar i "spökerier". Han raljerar, men när man omsider bryter upp blir David övertalad av doktorn att följa honom till hemmet vid Observatoriekullen. Bara några minuter, doktorn har litet att berätta om Cassell.

På väg dit kastar David några ängsliga blickar över axeln. Doktorn undrar varför, och David förklarar att han bara är uppjagad efter några mardrömmar han upplevt den senaste tiden, sedan han såg den herrelösa hunden. – A. C.

III.

– Häng det där spektaklet över ryggstödet. Det nya året är bara fyra timmar gammalt och ingen bryr sig om några choser ännu.

Spektaklet i fråga var tydligen min ytterklädsel. Jag gjorde så och makade mig ner i fåtöljen, inramad av pälsen på min rock.

– Känner doktorn alltså igen namnet Anton Cassell?

– Cassell – inte bara namnet, utan även personen.

– Ni är bekant med Anton Cassell?

– Mer eller mindre. Det är en strålande intelligent och mycket beläst karl, helt ointresserad av all världslig framgång och alla mänskliga sammanhang. Rent slöseri med begåvning – och rent oförskämt att inte låta den komma samhället till nytta, om jag nu skall formulera min personliga åsikt.

– Men vem är han då?

– Jag måste nog gå en omväg för att besvara det. Vi vill så gärna tro att våld och ondska hör hemma i de låga samhällsskikten. Och dyker det upp mitt ibland oss, vägrar vi se det. Tänk dig då en utåt sett framgångsrik köpmansfamilj, men innanför vars väggar alla vet att blott kroppsligt och själsligt förtryck finns – hud uppsliten av läderremmar och hårtestar i varje hörn. Och så får det fortgå ända tills en trasig yngling, familjens enda barn, inte längre klarar sina studier och faller ned i rännstenen. För ingen mäktar med att ingripa, och alla bekvämar sig med att inte se. Där har vi ondskan i sin renaste form – hos en fader och en moder, lika väl som hos invånarna i vår respektabla huvudstad.

– Den där ynglingen... är alltså Cassell?

– Han blev en av mina patienter, och förblev det fram tills för ett dussin år sedan.

– En dåre, sade jag och kände något slags hopp slockna i bröstet.

– Men en verkligt begåvad dåre, trots allt. Jag tror att han åtminstone själsligt fann en tillflykt i böcker och studier under uppväxttiden.

– Och sedan blev han frisk?

– Det vill jag inte påstå. Men *funktionell*. De första åren var han eländig, en människospillra både kroppsligt och mentalt, en av dessa som tror att all ondska och hela det förlorade paradiset finns inom dem och att demoner kryper fram ur deras kött, därför att förlåten fallit mellan dem och verkligheten. Han hade nyttjat droger: morfin, laudanum, allt av den sorten – ”för att kunna uthärda stenarnas skrik, blodets viskningar och Guds tystnad", som han sade. Nu var han inte stort mer än ett kolli. Sedan började han långsamt bli bättre, i meningen att han fick kontroll över sin sjukdom. Jag såg honom ofta ligga och grubbla och göra anteckningar i sin cell, och jag antog att han så smått börjat återuppta sina avbrutna studier. Men det han skrev var besynnerliga resonemang och hugskott, som verkade lika vansinniga som allt annat han yrat om. Numera tror jag faktiskt att det var hans högst egna sätt att få insikt i den verklighet han vuxit upp med, och som präglat honom både till det yttre och inre. Han blev alltså mer harmonisk och började delta i sjukhusets sysslor. Men det fanns ändå något hemlighetsfullt – till och med oroande – över honom, som om han ägde en insikt, en medvetenhet som andra saknade.

– Men numera lever han bland vanligt folk. Man kallar honom "spökjägare"?

– Vi brukar se varandra på Kungliga Biblioteket nästan varje vecka, och vi utbyter några kamratliga ord. Inte mycket mer. Såvitt jag förstår ägnar han hela dagarna åt att studera kabbala, ockulta läror och sådant nonsens, och han lär även personligen ha undersökt spökhus och förmenta medier. Ni kanske läste om undersökningen av "Spökslottet" vid Drottninggatan förra hösten, som väckte rabalder därför att man kom till slutsatsen att det inte var hemsökt? Det var han. Herr Cassell är en mycket artig och blygsam herre, som aldrig gör särskilt mycket väsen av sig annars.

– Vet ni var han bor?

– Ingen aning.

Jag tog genast upp min anteckningsbok, skrev ned mitt namn och adress och rev ut sidan.

– Kunde ni vara så vänlig och ge honom detta nästa gång ni träffas? Och säg då att jag skulle bli mycket tacksam om han ville kontakta mig. För jag har mycket att berätta, som nog kan intressera honom.

Doktor Lidén gav mig ett märkligt ögonkast, men han stoppade in papperet i sin plånbok.

IV.

Snöstormarna belägrar fortfarande Stockholm. Då och då kan invånarna läsa om fortsatta mordfall på Södermalm, varav inget får sin förklaring eller ägnas större uppmärksamhet från ordningsmaktens sida.

David får heller ingen ro, hans nätter förstörs av oroande drömmar om en utmärglad och raggig hund som haltande genomsöker stadens gator och gränder – söker den efter honom? Dröm och vaka, fantasi och verklighet flyter samman.

Halvt slumrande och halvt vakande ligger han i sängen och för anteckningar. – A.C.

Dröm:

Kryper fram mot mig. Ömsom morrande, ömsom med nyfiken avvaktan.

Ett slags självklar förvissning: endast jag, stormen, kylan och – den eländiga hunden finns i denna stad. Svarta och tomma fönster, alla hus liksom ihåliga. Jag är bara en orolig tanke i gränden, ett osäkert varande.

Tre stumpar till ben. Eller har den benen i behåll men ingen nos, käft, inga ögon? Saknar kanske bara svans. Böjer mig ned för att klappa den...

Ett ylande genom gatorna.

Jag vaknar – eller slår upp ögonen. Kanske var det snöstormen, kanske någon utsvulten hund som nöden uppväckt vargnaturen i. Dunkande hjärta, svettig – handen fuktig. Och jag fryser, antingen av minnet av drömmen, antingen av råkylan i rummet. Släpar mig upp och väcker liv i kaminens glöd, kryper tillbaka under täcket igen. Men inte nu, nej, gjorde det nog för en timme sedan –

Tittar upp. Glöden lyser genom kaminluckans springor.

Vankande i vindsvåningen ovanför – Knarrande steg – Tystnad – En penna vars stål krafsar mot papper?

Skomakaren kommer hem efter kvällens sup och stänger försiktigt porten.

Ett spädbarn gråter djupt där nere –

Avlägsna detta, allt detta liv, detta lager av mänskliga tankar, känslor och vänskap och ovänskap – kvar i kylan finns bara en tom stad med tomma hus, en själlös tanke som är du eller jag och – en herrelös hund.

Men kanske någon annan ändå? En främling som vandrar genom gatorna i mörk rock. Ser sig omkring, bekantar sig med denna verklighet. Stannar framför en död och frostnupen slingerväxt på en spaljé. Han petar på den med fingret. Den börjar fyllas av växtsaft och grönska upp – men är snart åter död och förtvinad –

– – –

Stormen griper om huset, bänder och drar i bjälkar och väggar, smyger in sina fingrar i varje springa. Knarrar, gnisslar...

Stålpennan krafsar.

Låter som trubbiga klor mot trä.

Så är det: krafsande tassar mot portdörren.

Ett gnyende, kräket ger upp. Börjar smyga runt och krafsa mot väggarna istället. Letar efter en springa, en lös planka.

Den kommer att ta sig in.

– – –

Stål klöser pappersfibrer. Ljudet gnager i natten, gnager på nerver och trumhinnor.

Min eller hans penna?

Vi skriver båda. Hejdar oss ibland, funderar. Börjar åter skriva med förnyad frenesi.

Känns som om denna natt bara är ord. Bokstäver på papperet framför mig. Har fångat allt i ord, begrepp, formuleringar.

– – –

Tagit sig in...

Väggarna knarrar. Inte bara stormen nu: som något strävt, omfångsrikt pressar sig fram i hålrummen. Ser det i skenet från mitt stearinljus: plankorna i innerväggen bänds ut – inte mycket men skönjbart under tapeten – jämrar sig i fogarna.

– – –

Kan bara skriva, bara skriva –

Ord, bokstäver, tecken. Fortsätter skriva, han och jag. Hans krafsande och mitt krafsande, som är klor mot dörr och snökristaller som klöser fönsterglas, som är gnisslande trä, snöstorm och vakendröm. Vet inte ens om detta är mina ord?

– – –

En väggplanka bänds ut mer än andra, tapeten går upp. En svart reva som iakttar mig –

– – –

Iakttar varandra, det och jag. Revan vidgar sig. Andas.

– – –

Vägguret – klockan är tre.

Och väntan, väntan – Dunkande hjärta.

Börjar pressa mot väggen igen.

– – –

Något vitt skymtar.

Kall, vit hud mellan springan.

Mer, sedan mer, och plankor jämrar sig.

Bänds långsamt bort –

– – –

– – –

– – –

V.

I begynnelsen var Ordet. Den Allsmäktige sade – och det blev.

Vi kan läsa det i de gamla skrifterna. Vad den Allsmäktige är vet vi inte, om han fortfarande finns eller någonsin funnits. Men Bibeln berör troligen en grundläggande sanning: Ur kaos och mörker definierades vår verklighet. Det som definieras blir begrepp, och begrepp formas av ord. Därav följer att verkligheten kan vara ett språk, där allt materiellt är bokstäver eller ord, och allt som händer är fraser och meningar. Ända sedan mänsklighetens gryning har vårt släkte strävat efter att förstå detta språk, och därmed förstå sin verklighet.

Och kanske till och med kunna tala eller skriva det.

VI.

Och det är morgon.

Orden ger staden ett vitt skimmer, skapar kallt solljus över sotiga tak och frostiga trädgårdar. Berättar att en sömnig konstapel pulsar hem till sin hustru efter sin nattrunda, att nyvakna mödrar tänder spisen för att koka välling.

Skriver att mardröm och nattvaka inte längre är.

VII.

Det var morgon, och en föraning sade mig att jag strax skulle få besök. Märkligt upplyft i själen kokade jag kaffe och förberedde dagens skrivarbete. Sista handen skulle läggas vid en essä jag skrivit om Wilhelm von Braun, ”folkets diktare”. Och fann man det bara vara en välgärning att rädda honom från glömskan, hoppades jag att den skulle intressera Illustrerad Familje-Journal.

Rastlösheten som förföljt mig de senaste dagarna kände jag överhuvudtaget inte längre av. Det var som efter en lång period av djup nedstämdhet och upprivna nerver: man vaknar upp och känner att man liksom lagt en ond dröm bakom sig. Och denna onda dröm mindes jag som Alvar Nordqvists död, samtalet med hans änka, ett besök i Pilgränd och en demon på jakt genom Stockholm... Jag mindes inte mycket av den gångna natten, förutom att den fyllts av oro och mardrömmar, och att många ångestfyllda tankar hade genomlevts där jag legat vaken. På golvet bredvid den tillstökade sängen låg utspridda papper med anteckningar jag tydligen gjort, och vilka jag skulle titta närmare på senare.

Det knackade på dörren. När jag öppnade med en brödkant i handen, fann jag min skygge granne från vindsvåningen.

I grön rökrock och med en skrivbok under armen, sträckte han fram sin hand:

– God morgon. Mitt namn är Anton Cassell.

VIII.

Cassell och jag fördrev morgontimmarna under samtal där vi satt på sängen, med kaffekopparna i knäet. Här fanns inte utrymme för umgängesmöbler; när jag och övriga dilettanter rödvinspokulerade tog vi plats där det fanns plats. Våra röster var dämpade med eftertänksamma frågor och svar. Bitter kyla utanför fönstren, hetångande kaffe mot läpparna.

Jo, herr Cassell hade liksom jag fördjupat sig i fallet Nordqvist, och visst var det han som i sin mörka rock hade oroat sladdertackorna på Södermalm.

– Jag skall översätta ett stycke ur Joseph Kleinemanns *Encyklopedia Demonus* för dig, sade han, där väsendet eller demonen som du så olyckligt har bekantat dig med, faktiskt beskrivs. Men nu måste jag överlämna detta.

Herr Cassell drog fram skrivboken med svartlackerade pärmar som han hela tiden hållit under armen.

– Nej, öppna den inte! Vår överenskommelse måste bli densamma som mellan Nordqvist och imamen. Tag aldrig reda på vad jag skrivit i den, och i synnerhet: läs det aldrig! Och jag lovar att inte avslöja för någon, någonsin, vad den innehåller. Och så länge den överenskommelsen gäller, kan du vara tryggt förvissad om att behålla ditt förstånd, din själ och ditt goda liv.

IX.

David avrundar med några vardagliga betraktelser. Våren börjar närma sig med takdropp och tö. Han bor kvar ännu något år i sin lägenhet. Ibland klättrar han upp till mig i vindsvåningen för att fråga till råds eller bara prata. Och jag nickar välvilligt, när han läser upp någon text han skrivit.

Han finner vår bekantskap ganska förbryllande. Genom doktor Lidén har han fått min levnad uppskisserad för sig, men steget till att verkligen förstå vem denne herr Cassell är, vilken livsfilosofi och själ som döljer sig bakom det försynta yttre, lyckas han inte ta.

Ibland sitter han med skrivboken framför sig på arbetsbordet. Skrivboken jag gav honom. Han är nyfiken, låter fingrarna stryka över den vinröda pappärmen. Men han slår aldrig upp sidorna.

Fast någon gång har han gläntat på pärmen, sett något ord, någon fras.

Kan det tänkas att orden och skrivboken berättar ett annat liv, en annan verklighet? Där demonen inte är en mardröm eller fantasi, där David inte undkommer?

Men det är bara aningar. Tillräckligt för att inte förstå, inte få veta. – A.C.

”*Alû*. Arabisk (ursprungligen babylonisk) stormdemon. Motsvaras i judisk mytologi av Ailo och hävdas vara Liliths avföda. Äter mänskligt kött och dricker mänskligt blod. Kroppen den ikläder sig är alltid ofullkomlig: saknar t.ex. en arm, ett ben, ögon eller mun.

Alû hemsöker städer om nätterna, antingen i gestalt av människa eller herrelös hund, kan krypa i väggar och plågar sovande med mardrömmar. En människa som hotas av Alû, kan rädda sitt liv om hon förmår att ej släppa den med blicken innan gryningen.

Alû är en av sju demoner i GALLÛ-GRUPPEN (se d.o.).” – Ur Joseph Kleinemann: *Encyklopedia Demonus*, 1838.

Att sova

En nattvaka från Necronomicon i Sverige

”Också i Drömmen bör den kloke sky de Eviga Rymderna. I sitt hjärta vet dock varje varelse att Döden icke är en tillflykt, och att intet vilar för evigt – att även Döden i evigheten förgår. Och bland de öde vidderna vaknar vi alla till slut åter.”
– *Handskrift i Olaus Wormius privata exemplar av* Necronomicon, *kommentar till en dikt av Abdul Alhazred.*

1.

Jag hör dem till och med när jag håller för öronen. Det låter inte som tassar, inget tissel-tassel – utan... Men det är sådant jag inte får tänka på.

Ändå – jag kan inte låta bli att undra. Även om jag aldrig har sett dem, har jag en aning om hur de ser ut. Blekt skinn, gula ögon fulla av liv. Smutsiga... De äcklar mig. Det förekommer att jag vaknar, slår upp ögonen med känslan av dem på händerna eller i ansiktet. En kall beröring av naken hud och vassa naglar, om det inte är klor.

Jag tror de är feta. Det låter så när deras kroppar stryker mellan plankorna, tunga men ändå smidiga, mjuka och uppsvullna. Och när jag håller för öronen hör jag dem i huvudet, hasande, grävande, gnagande sig fram i mitt kött.

2.

– Vad kan detta vara? frågade jag.

Jag höll upp föremålet mot lampan.

– Dammigt är det, som du ser, sade docent Maurin och fingrade på glasögonen han hade hängande i ett snöre runt halsen. Han gjorde ofta så – glasen var flottiga och tummade. – Jag brukar alltid tvätta händerna när jag tagit i det, fortsatte han.

Föremålet var torrt och ihopskrumpet, gråfläckigt och blekvitt. Ett torkat djur, tänkte jag, kanske uppstoppat. Jag fann inget i den oformliga kroppen som jag kände igen. Fyra stumpar som måste ha varit extremiteterna, ett oigenkännligt huvud.

– Vad är det?

Jag strök det hårlösa skinnet.

– Ett av Johannes Francks försök, den välkände professorn och alkemisten på 1600-talet, sade han. Ett föremål med magisk innebörd. Kanske en rakad katt, jag vet faktiskt inte. Men akta dig för det, sade han med ett leende som jag skymtade i skuggorna.

– Akta mig för det?

– Dess magiska innebörd. Tonen i hans röst var hemlighetsfull.

– Driv inte med mig, sade jag och låtsades vara irriterad.

– Alla som hållit det i sin hand kan bli offer för dess inflytande. Johannes Franck lär ha fördjupat sig i en gammal arabisk dikt om att "i evigheten förgår även döden". Fast hur det förhåller sig till detta, det kan jag inte säga. Alltför mycket försvinner i glömskan genom åren.

– Några trollformler, nonsensverser? undrade jag.

Jag försökte urskilja honom där han stod, halvt gömd i skumrasket. Han liknade en mager och bruten kråka i sin svarta kostym. Kammaren saknade fönster och var kompakt som en grotta. Dagsljuset skulle kännas befriande efter denna utforskning av universitetets gömmor och vrår.

– Nej, inget sådant. Han tog förstrött kroppen från mina händer och höll den försiktigt under lampan. Se, de här insjunkna håligheterna har antagligen varit ögon, de här torra skinnbitarna öron – och här har säkert svansen suttit, även om den är bortbruten och försvunnen nu. Nej, sade han och återhämtade sig från sina tankspridda reflexioner, nej, inga trollformler. Jag har för mig att det var på detta viset, att den som *tror* också får *veta.*

– Tro och veta, upprepade jag.

– Tror man på detta föremåls makt och inneboende krafter, drabbas man också av dem. Antagligen var det alldeles osedvanligt kraftfullt på sin tid, med all vidskeplighet som växte likt ogräs bland människorna. Folk såg konturerna av plågade själar i varje kyrkogårdsskugga. Inbillningen är en stark makt.

Han lade ner kroppen i lådan igen och stängde den varligt.

– Från häxbålens sekel. Jag vill minnas att föremålet är förbundet med ångest och död. Men det där kan jag slå upp.

Docent Maurin klev upp på en stege och gjorde plats för lådan på översta hyllan. Damm föll ner och färgade hans tunna axlar gråa.

– Ska jag göra det? undrade han.

– Förlåt?

– Slå upp det i en bok, sade docenten och sträckte sig efter en volym på hyllan därunder. Få reda på mer om mannen som skapade det där trolltinget, hur och i vilken avsikt.

– Det behövs inte alls, sade jag, antagligen med en ton av protest i rösten. Det har ändå varit tillräckligt mycket idag. Nu vill jag bara tillbaka till mitt rum och packa mina saker.

– Du ska ju hem till Småland, konstaterade han och nådde det knarrande golvet.

– Det är ganska långt dit, svarade jag.

3.

Solnedgången trängde in i kupén och färgade väggarna och gardinerna blodröda. Jag vilade i sätet, slumrade emellanåt – lät mig uppfyllas av hjulens sus över stålskenorna och varje skakning över skarvarna. I mitt trötta huvud förvandlades ljuden till musik, dov och suggestiv.

En timme försvann, kanske två. Jag kände mig mycket långt ifrån Uppsala, de instängda salarna jag besökt.

När jag återhämtat mig från min slummer, kunde jag bara skratta. Tanken på den intorkade kroppen och dess förmenta magiska kraft var löjlig. Det framstod som en fars för mig, att den som trodde på dess onda inflytande också drabbades av det, eftersom han endast kom att inbilla sig så. Jag såg i min fantasi en grovkornig teaterpjäs där vidskepliga människor trodde sig vara hemsökta av både förhärjande farsoter och djävulens anhang, därför att de råkat ta i föremålet jag hållit i min hand.

Jag kände det fortfarande, dess lätta vikt och den torra beröringen. Hade det inte luktat också? Jag kunde inte påminna mig att jag känt det i kammaren, men jag hade en dammig, kvardröjande lukt i näsan, en doft av torkat mögel och ålderdom. Jag mediterade över förnimmelsen och öppnade sedan fönstret för att få frisk luft. Det gjorde mig gott. Efter en stund plågades jag inte längre av den obehagliga inbillningen.

Ännu några vakande timmar. Mörkret tryckte utanför fönstret.

Jag fann att jag strök mina händer mot rockskörten.

Jag förstod inte varför, till en början. De kändes smutsiga. Jag synade dem noggrant. Den vita huden var ren, utan fläckar och solk.

Men känslan fanns där ändå, känslan av kroppen i mina händer, dammet, den nakna pergamenthuden. Jag tog upp min näsduk och torkade händerna i den, även om jag hade tvättat mig flera gånger sedan docenten visat mig föremålet.

Jag försökte läsa i min bok, en avhandling om runologi. Inget hade tidigare avhållit mig från den sortens litteratur. Tågvisslan skar sönder natten. Vagnarna sjöng över skenorna, vidare in i mörkret.

Mina förströdda fingrar letade sig upp till läpparna. Jag brukar alltid gnida dem när jag läser.

Men jag vaknade upp ur boken och fann att beröringen äcklade mig.

– Dumheter!

Jag var ensam i kupén, så ingen hörde mig. Ingen såg mig heller i den sovande vagnen när jag öppnade dörren och krängde mig fram genom gången med min vattenflaska och näsduk tryckta mot bröstet. Mitt irriterade mummel följde mig ut på plattformen mellan vagnarna. Jag måste tvätta mig.

4.

Jag bor i ett stort men gammalt trähus strax utanför Jönköping, brutet och vekt som en sjuk åldrings kropp. Skogen samlar sig runt det med sina vilsna stigar, böjer sina grenar över de mörka sjöarna. Bakom huset finns en tjärn. Innan allt började hända, brukade jag vandra genom dess svala dimmor om morgnarna, följa runorna som var inristade i stenarna med mina fingrar. Jag planerade att skriva en bok om dem, om forntiden i denna trakt. Men jag har ännu inte gjort det. Först måste allt bli som vanligt igen.

I trakten bor nästan bara okunniga bönder. Det finns ingen anledning att förakta deras små liv, men jag har ingen kontakt med dem. Endast en nickning när de passerar mig, de lyfter aktningsfullt på sina mössor.

5.

På vilket sätt kunde den onda kraften ge sig tillkänna? Jag såg dunkla barockkabinett inom mig, människor förföljda av mardrömmar och syner. Hur många hemsökta själar hade tagit sitt liv sedan de kommit i kontakt med föremålet? Det kändes svårt att erkänna det, men föremålet hade påverkat även mig.

Så långt från Uppsala, flera dagar efter mitt besök i universitetet – jag tänkte ofta på den torkade kroppen under mina promenader. Stenblocken dröp av bistra droppar i soluppgången. Jag uppskattade dessa tidiga stunder av ensliga tankar, mina vandringar genom snåren i det bleka landskapet. Daggen trängde igenom skorna, jag kände den friska luften, fukten, morgonkylan mot huden under dessa timmar. Kanske en fågel vaknade till liv bland grenarna, en skygg hare hoppade fram ur buskarna vid stigen. Så tedde sig även denna morgon.

Jag stod på den mossbelupna stranden och tittade ner i tjärnens vatten. Nu vilade den svarta ytan blank, men när jag kommit dit en stund tidigare hade jag funnit ensamma bubblor flyta på vattenspegeln, kvarvarande krusningar som om något rört sig i djupet. Jag hade svårt att tänka mig vad det kunde vara, ty där hade aldrig funnits fisk. Jag föreställde mig grodor eller kanske ett par vattensorkar.

Det var ett infall som fick mig att ta upp den nedfallna grenen från gräset. Den var lång och stadig och skulle räcka långt ner i tjärnen. Jag ställde mig åter på stranden och doppade ner den. Vattnet var bottenlöst och djupt, mina händer nådde ytan utan att grenen stötte på något motstånd. Jag lät den röra sig fram och tillbaka i djupet.

Bubblor flöt upp.

Och då kände jag det, hur grenen vidrörde något i den kalla sjön. Något som tycktes vara mjukt, något som rörde sig och försvann. Jag kände att det var stort, större än en groda eller vattensork. Det förvånade mig om jag inte också fann det obehagligt.

Jag rörde åter grenen i vattnet, prövande.

Fler bubblor. Grenen stötte ännu en gång emot något i tjärnens djup. Det hände fler gånger. Jag drog upp grenen ur vattnet, slängde den bredvid mig. Så hukade jag mig ner, doppade mina fingrar i sjön. Vattnet var kyligt och isande, gjorde mina fingrar stumma.

Ytterligare ett par bubblor brast. Jag såg en rörelse under ytan, som om liv myllrade upp ur vattnet. Tjärnen tycktes koka.

Jag visste inte vad, men något främmande höll på att hända. Jag kände mig hotad. Utan att se vad som skulle ske härnäst, vände jag tillbaka till mitt hus, besökte inte den lilla skogssjön förrän många morgnar därefter.

6.

Varifrån kom lukten? Det kunde jag inte avgöra. Den kändes överallt i huset, jag fann inte dess källa hur mycket jag än letade. Atmosfären blev tung och svår att andas. Maten förlorade sin smak i munnen, kaffet och dricksvattnet tycktes ta anstrykning av doften.

Den påminde mig ibland om den doft jag förknippade med föremålet jag blivit förevisad i universitetet. Men istället för en torr lukt av damm och ålderdom, kände jag en förnimmelse av fuktigt mögel. När jag slöt ögonen, kom jag att tänka på kallt och mörkt vatten.

7.

Jag slog upp dörren till hallen. Inget syntes. Mina öron lyssnade. Ljuden – hasanden, krypanden, strykanden av något som inte var päls utan naket skinn. Något hade kravlat därute. Jag uppfattade det fortfarande under golvplankorna, i väggarna, överallt omkring mig. På vinden... Jag hörde skrapet av klor eller naglar däruppe. Med ett utrop tog jag lampan från mitt skrivbord och sprang ut i hallen, öppnade luckan i taket när jag hämtat stegen och krivit upp på den. Kanske blev de skrämda av smällen från den tillbakafallande vindsluckan, men när jag kom upp till det vinklade utrymmet fanns där bara skuggor. De hävde sig och sjönk tillbaka med ljuset i min hand. Under några minuter letade jag bland lådorna och de malätna kläderna.

Jag var på väg att gå ner igen, då jag såg en skugga röra sig bakom ett par utslitna stövlar. Jag gick försiktigt fram till dem, hukade mig ner utan ett ljud. Snabbt – jag förde in handen bakom stövlarna. Men det enda mina fingrar vidrörde, var en liten grå mus som ilade över golvet och försvann i ett hörn. Medan jag gick ner igen och välte tillbaka luckan, tänkte jag att allt som störde mig kanske berodde på små möss – att ljuden och rörelserna bara förstorades och blev våldsamma i min fantasi. Men jag kunde inte övertyga mig själv.

Tillbaka i min kammare igen satt jag bakom skrivbordet och försökte skriva på avhandlingen. Flugor kröp över arken. Jag hade lagt märke till deras antal de senaste dagarna, viftade irriterat bort dem.

Ljuden var där igen. Jag stampade i golvet, gick upp några gånger för att slå med handen på väggarna. Kanske var det bara det fallande mörkret som fick mig att höra varelserna tydligare, men när solen sjunkit bortom skogen stoppade jag öronen fulla med fetvadd och fick mitt eftertreaktade lugn till slut.

8.

Jag försökte sova, fördriva mina dagar utan att lyssna på ljuden, alltid med bomullen i öronen – men i längden fick jag inget lugn. Krafsandena i de angränsande rummen, det trånga krypandet mellan plankorna omkring mig – det tärde på mig ändå, djupt inne i mitt huvud. Det kunde ha gjort mig galen, om jag inte redan var det.

Ty jag undrade. Om det var så, då borde jag inte tänka på dem?

9.

Hur var det med småkrypen? Jag tror att det var lukten som lockade fram dem, närvaron av varelserna i huset. När jag öppnade dörrarna – både inne och utomhus – föll tvestjärtar ner från karmarna. Spindlar gömde sig mellan böcker och i porslin. Men de surrande flugorrna irriterade mig mest. De upptog luften, krälade över fönsterrutorna, kröp över väggarna och taket. Svarta, irriterande små djur – deras enformiga mummel fyllde till slut mitt huvud tills jag tog mig utomhus för att slippa höra dem mer.

Det var lustigt... Jag tog ett par ark papper som jag skulle slänga, rullade ihop dem till en stadig cylinder. Sedan slog jag efter flugorna, häftigt och aggressivt. Men ingen krossades. De undkom alla mina slag.

När jag satte mig ner i min länstol, såg jag med dovt obehag en fluga krypa över min handrygg, släpande det sista benparet efter sig. Men jag kände den inte, ingen kittling av dess ben, inte en rörelse över skinnet. Jag fångade insekten i min andra hand, men när jag öppnade den, fanns där ingenting.

10.

Då flyr jag utomhus igen. Jag lägger mig i gräset för att lyssna på tystnaden och känna doften av torr grönska.

Ändå får jag ingen ro. Det finns alltid flugor där också, flygande, surrande, stimmande bland träden och i vegetationen. Och annat... Jag hör varelser som rasslar genom gräset, ser deras framfart som ilande kårar. Kan det vara ormar eller ödlor eller stora sorkar? Men de är alltid försvunna när jag tittar efter.

11.

Det måste ha varit en vecka efter händelsen vid tjärnen. Jag låg stilla i sängen och väntade på att dess knarrningar och springande fjädrar skulle tystna. Över taket såg jag en spindel komma krypande, svart och smidig på sina fibersmala ben.

Lampan på nattduksbordet kastade sitt gula sken över väggarna, nådde nästan inte fram till skuggorna på andra sidan kammaren. De smalrandiga tapeterna tog färg av skenet, motiven på de ensamma tavlorna kunde inte urskiljas i natten. Huset var ovanligt tyst – endast lite prassel hördes ibland mellan plankorna, något litet skrapande av naglar eller klor i de angränsande rummen. En insekt knäppte någonstans i huset.

Spindeln kröp fram till hörnet vid dörren. Den stannade där och vilade fullkomligt stilla i en halvtimme eller trekvart. Sedan började den långsamt, omsorgsfullt spinna sitt nät. Jag tittade fascinerat på dess arbete. Spindeln avtecknade en tydlig skugga över tapeterna och taket, trevande och slingrande sig i trådarna. Så höll den på hela natten, outtröttligt, enträget, alltid lika målmedvetet. Till slut hängde nätet färdigt där med sitt hypnotiska mönster. Spindeln stelnade i orörlig vila i väven, förväntan och avvaktan fyllde kanske dess själ av orubbliga instinkter.

Jag kunde inte dra min blick från nätet. Det trollband mig. – Kunde inte sluta ögonen och sova.

Timmarna gick. Till slut började gryningen leta sig in i rummet genom rullgardinen. Jag tittade alltjämt mot hörnet.

Med en ansträngning reste jag mig från sängen och gick bort till spindelnätet, tvekade en stund. Jag var osäker. Sedan sträckte jag mig upp för att vidröra trådarna.

Men de gick inte sönder under mina fingrar. Som i en dröm passerade min hand rakt igenom väven. Jag ryckte åt mig handen och stirrade ännu en stund på det sällsamma konstverket, försökte att reda upp mina känslor.

12.

Jag klädde mig och gick ut i den svala morgonen, följde stigen till tjärnen. Inga bubblor steg längre upp till ytan, vattnet låg lugnt och stilla. Men jag fann det dyigt och smutsigt, grumligt som om något hade drivit upp dess lösa botten. Kanske borde jag ha tagit grenen i mina händer igen och rört om i djupet, men jag gjorde det inte.

På ett par ställen omkring tjärnen var gräset nedtrampat i stigar. Kanske var det bara inbillning, men runt den lilla skogssjön tyckte jag mig känna samma lukt som i huset.

13.

– Är det något fel på mig?

Doktorn lyssnade på mitt bröst, dunkade mig i ryggen, tittade på min tunga och kände på min puls. Den vanliga rutinundersökningen – men jag visste att det inte var en sådan jag behövde nu.

Sedan vilade han sin omfångsrika massa i stolen bakom skrivbordet och begrundade mig fundersamt över sina fingertoppar.

– Inte så vitt jag kan se, sade doktorn. Hans kinder dallrade vid orden.

Jag tittade på en trög larv som kravlade bort från pappersbunten på bordet. Flugorna cirklade under taket.

– Vad tittar herr Isaksson på? undrade han. Ögonen iakttog mig oroligt.

Jag skakade på huvudet och sänkte blicken till golvet.

– Är jag galen?

Han knäppte sina otympliga fingrar på bordet framför sig. En liten spindel trevade därifrån på snabba ben.

– Galen?

Jag nickade och mötte hans undrande blick.

– Men vad i hela friden får er att tro det? Doktorn slog ut med händerna i en våldsam gest. Ytterligare ett kryp kom ner i en tråd och nådde hans axel.

– Jag antar att jag bör berätta det, sade jag lamt. Men...

Doktorn avbröt mig med en fnysning.

– Jag har sett galningar, herr Isaksson. Jag har *talat* med galningar. Tro mig! De fördriver hela sina dagar i ångest, varenda timme vandrar de omkring som om de befinner sig i en verklig mardröm. Väggarna skriker omkring dem, röster viskar skamligheter i deras huvuden, de lever bland skepnader och väsen ingen frisk människa skulle stå ut med att varsebli. Jag säger er att språket inte räcker till för att beskriva den tillvaron. Ni ska inte tänka några tankar åt det hållet, herr Isaksson. Ni ska inte ens söka föreställa er en galen människas upplevelser. Ingen mår bra av det. Så är det, min bäste herr runexpert.

Jag förmådde bara en suck till svar.

– Jag tycker herr Isaksson ska gå hem nu och inte ägna sig åt några dumma tankar. Ni är kärnfrisk och kommer att leva tills ni blir gammal, om ni bara fortsätter att ta en promenad varje dag och sköter er kropp.

Jag gled ner från bänken och tog på mig mina kläder. När jag gick ut genom dörren hörde jag doktorn mumla bakom mig.

– Galen! Vilka dumheter.

14.

Jag tar lampan och skruvar upp den. Varelserna drar sig djupare in bland skuggorna. Det är fortfarande dunkelt i kammaren.

Månskenet faller in genom fönstret. Spindelväven i hörnet och över möblerna skimrar som silvet i ljuset. En blek kropp springer över golvet.

Hallen är mörk när jag öppnar dörren, huset är övergivet. Jag vistas inte här längre. Väggarna är fulla av kravlande liv.

Jag går genom hallen. Golven ljuder av rörelser under mina skor, de feta kropparna tränger sig mellan brädorna omkring mig. Min hand stryker över väggarna. Den mörka taklampan vibrerar i sina länkar.

Här finns också spindlar, spindelnät omkring mig. Flugorna kryper trögt över stolarna och tavlorna. Tanken kommer upp för mig, att jag inte sett en enda av insekterna fastna i näten.

Spindelväven hindrar mig inte när jag vandrar genom huset. I skafferiet finner jag en kanna med vatten undanställd. Men vattnet känns smutsigt att ens tänka på. Kanske är jag rädd att det tagit smak av lukterna. Det är inte bara doften av mögel och kall skogssjö jag känner nu, utan även av flugor och småkryp. Jag går ut i mörkret utomhus med kannan i handen. Jag ser inget, men hör prasslet omkring mig. Vid brunnen sköljer jag ur kruset och fyller det med klart vatten. Jag är mycket törstig.

Tillbaka i kammaren igen, lägger jag mig på soffan som står i hörnet, tar en filt som täcke. På det sättet försöker jag sova. Fram mot morgonen lyckas jag tränga undan mina bekymmer och somnar av utmattning.

15.

I flera timmar har jag hört det nu, en svag sång omkring mig. En sövande, sjungande melodi som jag inte kan beskriva; vacker eller inte, letar den sig långt in i mitt blod. Tunna toner i luften, skulle kunna härstamma från en opiumdröm.

Jag har letat igenom kammaren utan att finna dess källa, om det nu finns en sådan. Jag vandrade igenom det dystra huset. Sången ljöd överallt.

Nu sitter jag vid bordet och stirrar in i lampans ljuslåga. Det hjälper inte att jag håller för öronen, jag uppfattar sången ändå. Den är inte obehaglig, gör mig bara trött. Men jag vet att det måste finnas något osunt med den, när jag egentligen inte hör den. Lika lite som varelserna, spindlarna och flugorna finns här. – Det är i alla fall vad jag vill tro.

Kammaren känns som ett fängelse.

16.

Jag stod vid fönstret och funderade med sången inom mig, tänkte på docent Maurin och den smutsiga kroppen. Kanske borde jag bege mig till universitetet igen? Men i nästa sekund krympte mitt mod. Jag visste att det bara skulle göra saker värre att söka hjälp. Jag vill inte veta mer om det där dammiga tinget, vill inte höra talas om det igen, se det, vidröra det... Jag försöker stävja den här ångesten, och då får jag inte konfronteras med något som väcker den till liv.

Gräset fortsätter att bölja torrt där ute. Jag såg hur något ilade fram mellan de gulbrända stråna, på tio, femton, kanske ännu fler ställen. Jag hämtade kikaren som ligger i skrivbordslådan och tittade närmare, men det enda jag uppfattade var svarta skuggor i gräset. På andra sidan skogen... Det finns en åker där. Men den ligger för långt borta för att jag skulle se något i den. Ändå visste jag – de finns överallt.

17.

Jag vet nu varifrån sången kommer.

För en stund sedan lutade jag mig över ett par spindlar på fönsterbrädan, lade örat tätt intill dem.

Det är spindlarna som sjunger.

18.

Jag öppnar ögonen.

Det är mörkt. Något har väckt mig. Vad är det som händer? Det känns som om jag befriats ur en förvirrad labyrint.

Jag hörde viskningar i mitt öra. Något rörde sig vid mitt huvud, hoppade ner från soffan där jag ligger. Det måste ha varit en av varelserna. Jag kunde höra den hasta över golvet och försvinna.

Natten vilar tungt över mig. Vad viskade varelsen till mig?

Jag kan inte minnas. Jag vet bara att den avslöjade hemligheter för mig, dolda sanningar fyllda av skräck – om mig själv och om världen, tänker jag. Men vad? – Jag kan inte minnas.

Kanske vill jag inte ens veta det.

19.

Jag blir trött av att höra sången. Ofta, ofta försöker jag urskilja orden. Ibland känner jag mig på gränsen till att kunna uppfatta dem, men då grips jag av en sådan skräck att jag ruskar på huvudet, nynnar eller visslar, försöker att tänka på något annat, att inte höra. Det är konstigt, men jag tycker mig uppfatta samma melodi i flugornas surrande.

Och när jag sover, kommer det fler bleka varelser fram till mig, talar i mitt öra. Det måste vara samma ord som spindlarna sjunger. Ibland hör jag varelserna även när jag är vaken, sövande viskningar från väggarna. Det gör mig så trött. Allting gör mig trött, det jag hör.

Men det skrämmer mig nu, att sova. Jag får allt svårare att vakna upp.

Och drömmarna... Vad är det jag drömmer?

Jag upplever ett landskap av vit sand och fullkomligt vita berg, öde under en tom himmel. Det skrämmer mig så mycket, därför att stämningen är helt död och livlös.

Jag tänder åter lampan, tittar in i lågan för att fylla ögonen med ljus och jaga bort tröttheten. Försöker skriva, hur lönlöst jag ändå vet att det är.

Undviker på alla sätt att somna om.
Önskar jag kunde koka kaffe.

20.

Så trött, trött...

Vad finns det att göra för att inte falla i sömn? Jag vankar fram och tillbaka över golvet, stoppar fingrarna i öronen och nynnar en visa, skruvar upp lampan så att den ska lysa upp kammaren ännu mer. Så gott jag kan håller jag blicken borta från soffan. Jag undviker alla tankar på att sova.

Nu dåsar jag bakom skrivbordet. De bleka varelserna har börjat samla sig i kammaren, kommer fram ur hål och skuggor. Jag tittar på dem, i deras gula ögon, ett par åt gången. Kroppen värker – jag har rört mig för mycket för att inte somna. Mina ögon sluter sig ibland. Då känner jag ensamheten och kylan från mina drömmar – inom mig ser jag det kala landskapet av vita slätter och berg. Och då vet jag att alla någon gång kommer att gå vilse i det. Jag tror det är Evigheten.

Det blir svårare att göra sig kvitt visionerna. Om jag somnar nu, kanske jag aldrig vaknar upp igen.

De iakttar mig och viskar, varelserna framför mig – ljuden blir till ett vindsus i mina öron. Huvudet känns allt tyngre när jag hör dem och den tidlösa sången från spindlarna. Jag har gått fram till varelserna och viftat med handen några gånger, men de har knappt rört sig. Och hur ser de ut? Jag kan inte bilda mig en uppfattning om det även när jag stirrar rakt in i deras ansikten. Ty ansikten har de.

De är många, vilar på golvet och på stolarna, samlar sig på hyllorna och borden. Ibland går en våg genom den osunda massan och de makar sig runt rummet.

Spindlarnas sång, flugornas melodier, de lugna viskningarna omkring mig – det är det enda jag uppfattar av världen till slut.

Och nu – nu tror jag att jag somnar.

www.ingramcontent.com/pod-product-compliance
Lightning Source LLC
Chambersburg PA
CBHW030602310726
48979CB00003B/537

* 9 7 8 9 1 8 7 6 1 9 2 2 9 *